TUCA

L'Alba ja no va tenir por

Josep-Francesc Delgado

L'Alba ja no va tenir por

Il·lustracions: Mercè Arànega

edebé

Passeig de Sant Joan Bosco, 62
08017 Barcelona
www.edebe.com

Directora de la col·lecció: Reina Duarte
Disseny de la coberta: César Farrés
Il·lustracions: Mercè Arànega

2a edició

ISBN 84-236-7800-8
Dipòsit Legal: B. 34671-2005
Imprès a Espanya
Printed in Spain
EGS - Rosari, 2 - Barcelona

To the F. Pascual's family,
specially to the *sant baró*.
Per a la família Queralt,
especialment per a en Roger,
però també per a en Gepi,
la Montse i la Clàudia.

Índex

Capítol u

L'Alba era una nena que s'estava en una gran ciutat.

Vivia en un sisè pis.

El seu pare es deia Pere i s'encarregava de dissenyar botigues d'esports. Aquestes botigues on pots comprar una bicicleta, o una manxa per inflar les rodes, un xandall, uns esquís, ulleres per a la neu, un folre polar...

La seva mare es deia Sílvia i dissenyava coses per a la llar. Ella dibuixava cadires, batedores, microones, llums de taula i de paret... Després, l'empresa per a la qual treballava les fabricava tal com ella les dibuixava.

L'Alba era una nena força feliç.

I també era feliç amb els seus pares, perquè li acabaven de dir que al cap de set mesos tindria un germanet. Hi havia altres nenes de la classe que tenien germanets i d'altres que no en tenien, però, a l'Alba, li feia gràcia tenir-ne.

A més, s'acostava l'aniversari de la mare. Per celebrar-ho, vindria el director de la seva empresa. La mare de l'Alba volia que aquell sopar sortís molt bé. Aviat hauria de presentar un bon disseny.

Però l'Alba estava preocupada per una altra cosa que no tenia res a veure amb els dibuixos de la seva mare. Només una cosa destorbava la seva felicitat.

I aquella cosa sí que era una preocupació.

La por...

Capítol dos

Cada nit, quan es ficava al llit, l'Alba tenia una por d'aquelles que no t'aguantes.

Abans d'anar-se'n a dormir, els pares de l'Alba sempre li abaixaven la persiana de la finestra, però no del tot, perquè la claror dels fanals del carrer li estalviés la foscor total.

Una nit l'Alba va veure una bruixa amb la seva escombra que ficava el nas per les escletxes de la finestra de l'habitació del sisè pis. Era una bruixa de nas recargolat amb una berruga pengim-penjam i feia cara de voler-se-la endur. Si més no, a l'Alba, li va semblar veure l'ombra de la bruixa dolenta

flotant asseguda al damunt de la seva escombra.

I tenia tanta por que la bruixa se l'endugués, que les dents li petaven.

I tot i que la veu gairebé no li sortia, va cridar els seus pares.

—Pa-pa-pa-r…r…re —va quequejar amb la veu afeblida per la por.

Però només se sentien els roncs del pare i la mare, que dormien submergits en el més profund dels seus feliços sons, sense saber l'amenaça que se'ls tirava al damunt.

—Pare! —va deixar anar amb un xiscle d'angoixa dels de debò.

—Eh…? Qui és…? Què passa? —va respondre en Pere, el pare de l'Alba, que encara pesava figues.

—Hi ha una bruixa a la finestra que se'm vol endur. Salva'm! —li va suplicar ella tre-

molant cada vegada més, com si tingués molt fred.

—Alba, les bruixes no existeixen. Només surten als contes... —va precisar el pare, amb la veu fantasmal d'un pare mort de son.

—Que no, pare, que sí que existeixen. Que jo n'he vist d'anunciades al teletext de la tele. Fins i tot n'hi ha una que té nom de mosqueter i et diu el futur...

—Les de la tele no són bruixes de debò. Són bruixes de pega. Ningú no pot saber què passarà demà. Que no veus que, si es pogués saber, el pare ja s'ho hauria muntat per assabentar-se de quin número tocaria a la loteria i seríem milionaris? Para de fregar les dents, que et mossegaràs la llengua. Vinga, a dormir...

—Doncs aquesta té un barret ben llarg amb forma de cucurutxo, vola i se'm vol en-

dur. Auxili! —va cridar l'Alba contemplant les ombres amenaçadores del vidre.

—Pere, vés a veure la nena, no fos cas que li passés alguna cosa —va demanar la mare.

Des que la mare de l'Alba estava embarassada, era el pare qui es llevava sempre a les nits, perquè la Sílvia anava més cansada. Abans de l'embaràs s'ho repartien.

—Déu meu Senyor! Cada nit igual! Això és una tortura xinesa! —exclamava el pare tot sospirant.

Llavors es va posar les sabatilles.

L'Alba ho sabia de seguida. Com que no s'hi veia de tanta son, el pare mai no les encertava a la primera i grataven amb els peus una mica el parquet del terra.

Després el pare de l'Alba va obrir la porta de la seva habitació i tot seguit va obrir la de l'Alba de bat a bat.

Les dents de la filla encara carrisquejaven de por.

Finalment, el pare va encendre el llum. En aquell precís instant mirava per la finestra per comprovar si la bruixa era un ésser real.

L'Alba estava a punt de desmaiar-se i amagava el cap sota el coixí.

Capítol tres

A l'altre cantó de la finestra no hi havia res. Només la nit de la ciutat il·luminada per les bombetes blanques i taronges dels fanals. Res més...

—Ho veus, Alba? La bruixa no hi és —afirmava en Pere amb un somriure d'orella a orella i les parpelles dels ulls pesants com els telons vellutats d'un teatre.

—Se li deu haver acabat la benzina de l'escombra i se n'ha hagut d'anar just quan tu entraves —replicava ella més tranquil·la, ja sense tremolar.

—No, dona, no. Les escombres de les bruixes són màgiques i no han de fer benzi-

na... Tu has vist mai una bruixa a la benzinera?

—Doncs se li deuen haver passat els efectes de les pólvores màgiques, potser se les ha endut el vent, no portava cap sobre de pólvores voladores i ha hagut d'anar a buscar-ne —tornava a replicar ella més desperta que un gínjol i amb els ulls més oberts que un mussol.

Aleshores, el pare de l'Alba, en Pere, s'asseia al peu del llit de l'Alba i li cantava una cançó.

—Au, ja em quedo una estoneta. No pateixis que la bruixa no tornarà.

I tot seguit en Pere enfilava la cançó:

La lluna, la pruna
vestida de dol,
son pare la crida,
sa mare no ho vol...

L'Alba es va adormir, i la mare de l'Alba també. Perquè la Sílvia s'havia acostumat a adormir-se amb la cançó d'en Pere de tantes nits que l'havia sentida.

Capítol quatre

L'endemà l'Alba va anar una altra vegada a l'escola.

En general, tot anava força bé. Aprenia molt bé l'anglès, per exemple, però el que li agradava més era dibuixar, com als seus pares. I jugar a fer sorra fina amb els peus i les mans a l'hora del pati.

Quan arribava a casa, berenava. Llegia un conte. Més tard sopava i se n'anava a dormir.

I sant tornem-hi.

Aquella nit l'Alba va veure un llop molt dolent per la finestra del seu sisè pis. Amb les urpes gratava la finestra. Obria tot el musell i li ensenyava uns ullals pels quals regalimava

saliva. Treia la llengua llarga i es llepava el bigoti. Aquell llop se la volia menjar sencera...

L'ombra del llop s'allargava. Devia ser un llop molt gros, enorme...

L'Alba tenia tanta por que se la mengés, que les dents li petaven tant com la nit de la bruixa.

La veu gairebé no li sortia i va cridar els seus pares.

—Pa-pa-pa-r...r...re —va tornar a quequejar amb la veu afeblida per la por.

Però només va sentir els roncs del pare i la mare que dormien, i estaven submergits una altra vegada en el més profund dels seus gratificants sons.

—Pare! —va repetir, traient forces de ben endins.

—Eh...? Qui és...? Què passa? —va respondre el pare de l'Alba mig somnàmbul.

—Hi ha un llop a la finestra que se'm vol menjar.

—Fora, bruixa! —va cridar el pare, endormiscat encara.

—Que ara és un llop, home! —va replicar ella.

—Un llop? —va preguntar ell fregant-se els ulls.

—Salva'm, que sóc la teva filla —li va demanar ella amb les dents que li petaven.

—Alba, els llops no existeixen. Només surten als contes... —va precisar el pare amb la veu fantasmal d'un pare mort de son.

—Que no, pare, que sí que existeixen. Que jo n'he vist als reportatges de la televisió i, quan vam anar al zoo, me'n vas ensenyar un parell.

—Els dels reportatges són tan lluny d'aquí que no vindran mai i els del parc zoològic estan ben engabiats.

—Doncs aquest es deu haver escapat. Fa cara de tenir molta gana i voler fer el ressopó. Auxili!

—Pere, vés a veure l'Alba no fos cas que li passés alguna cosa —va tornar a demanar la mare.

—Déu meu, Senyor! Això és una tortura psicològica! —va exclamar el pare tot sospirant.

Llavors es va posar les sabatilles. Com sempre, per encertar, va gratar el terra unes quantes vegades.

I el pare de l'Alba va obrir la porta de la seva habitació, tot seguit va obrir la de l'Alba. Les dents de la filla encara carrisquejaven. Finalment va prémer l'interruptor del llum.

L'Alba estava esblaïmada. En aquell precís instant mirava per la finestra per comprovar

si el llop era un ésser real o imaginat. Tot i que l'amenaça del llop li semblava tan real com els pisos de davant de casa.

Capítol cinc

I a l'altre cantó de la finestra no hi havia res. Només el carrer, per on passava el cotxe d'algú que havia plegat tard de la feina...

—Ho veus, Alba? El llop no hi és —li explicà en Pere.

—Deu haver trobat un cau al parc d'aquí baix i se n'ha anat a descansar —replicava ella ja sense tremolar, més tranquil·la per la presència del seu pare a l'habitació.

—No, dona, no. Els llops no viuen a zones verdes de la ciutat, sinó a la muntanya. A més a més, sempre van en bandada.

—Doncs jo no vull que se'm mengin una

bandada de llops escapats. No te'n vagis, pare... —suplicava ella, desperta de tanta angoixa que havia passat.

Aleshores, el pare de l'Alba es va asseure una vegada més al peu del llit de la seva filla.

—Au, ja em quedo una estoneta. No pateixis que aquest llop no tornarà.

—I la resta de la bandada tornarà?

—No, ja deuen ser a la muntanya.

I llavors el pare de l'Alba va començar a cantar:

La lluna, la pruna
vestida de dol,
son pare la crida,
sa mare no ho vol...

I l'Alba es va tornar a adormir, i la seva mare també.

Capítol sis

L'endemà l'Alba va anar a estudi.

Aquell dia va fer un dibuix per a l'aniversari de la mare. També van començar a preparar les disfresses per a una obra de teatre. A l'Alba li agradava força fer el dibuix i preparar la disfressa. A ella li tocava fer de pingüina.

Quan va arribar a casa, va berenar. Va llegir un conte, i més tard va sopar i se'n va anar a dormir.

I sant tornem-hi.

Aquella nit l'Alba no va veure res per la finestra.

No, no. Per la finestra no es veia l'ombra de cap ésser monstruós.

L'ésser que se la volia menjar devia ser més hàbil.

L'Alba va començar a sentir un soroll a l'interior de l'habitació.

Era a les fosques.

Aquella nit, fos qui fos el monstre, se li havia infiltrat a dins de casa! Aquell monstre era llest, silenciós i anava a totes.

El sorollet venia de sota el llit. Allí mateix...

I feia: cre-crec, cre-crec, cre-crec...

Tenia tanta por que se l'endugués! Les dents li petaven tan fort que pensava que se li esquerdarien.

La veu gairebé no li sortia i va cridar els seus pares.

—Pa-pa-pa-r...r...re —va tornar a quequejar amb la veu afeblida per la por.

I només se sentien els roncs del pare i la mare que dormien.

—Pare! —va repetir desesperadament.

—Eh...? Qui és...? Què passa? Fora llops! —va tornar a respondre el pare de l'Alba, que aquella nit ja dormia amb un ull mig obert...

—Hi ha un monstre sota el llit que se'm vol menjar. Salva'm, que sóc la teva filla!

—Alba, si us plau, dorm, que els pares estan cansats. Ja veuràs com, si dorms, et passen totes aquestes cabòries —va afirmar la mare amb to seriós.

I no va haver-hi res a fer.

Al cap d'una estona el pare tornava a dormir. L'Alba ho sabia perquè el pare, quan dormia, feia soroll de patates fregint-se. S'havia quedat sola i a les fosques...

Capítol set

El soroll se sentia cada cop més a prop: cre-crec, cre-crec, cre-crec...

L'Alba tenia molta por.

Amb els dits de les mans estrenyia tan fort els llençols que els podia estripar, i amb les dents els mossegava per una punta per evitar-ne el carrisqueig.

Va pensar que, al capdavall, potser només eren ratolins.

Els ratolins saben entrar a les cases i roseguen coses...

Però potser els ratolins la rosegarien també a ella...

La sensació de ser menjada pels ratolins

resultava realment abominable. Tots els ratolins clavant-li les dentetes en carn viva...

Ja es tornava a sentir: cre-crec, cre-crec, cre-crec...

Aleshores es va adonar que aquell soroll no podia ser el d'uns ratolins. Una vegada havien trobat ratolins a la cuina. I els ratolins feien: cri-cri, cri-cri, cri-cri, cri-cri, cri-cric!

I si no eren ratolins, què podien ser?

No ho sabia.

Una mena de gelor de por li va anar pujant per tot el cos des dels peus.

L'Alba tenia por.

Molta por.

Tanta por que els cabells se li cargolaven com si fossin una molla.

I es va tapar fins més amunt de les orelles.

Potser era un monstre... I se la menjaria.

Una vegada havia vist una pel·lícula d'uns monstres que sortien d'una tele, s'enduien una nena i no podia tornar a casa seva.

I no volia que se l'enduguessin a ella. Així que es va armar de valor.

Va trigar una estona a prendre una decisió.

Trauria la mà per sota el cobrellit i l'aproparia fins a la taula per encendre el llum petit.

Potser d'aquella manera se n'aniria el monstre.

L'estava traient molt lentament, quan va tornar a sentir el soroll: cre-crec, cre-crec, cre-crec...

Tots els dits de la mà li tremolaven...

Potser el monstre li queixalaria un dit.

Ja havia trobat l'interruptor!

Clic! Llum encès!

El cre-crec, cre-crec, cre-crec s'havia aturat en sec. Estava salvada. El pare continuava dormint amb el seu soroll habitual de patates fregint-se.

Va treure els ulls per damunt del llençol.

No es veia res enlloc. El tobogan de baixada del llit era net i polit. Es va incorporar per observar l'escala de baixada del llit: res. Tot correcte. Però la cosa que havia fet cre-crec, cre-crec, cre-crec encara devia ser allí.

I si tot plegat havia estat el cruiximent de les fustes travesseres del llit? Quan les fustes es fan velles i són ben seques de vegades cruixen.

«Potser sí», va pensar l'Alba. «Potser tot plegat són les fustes.»

Més valia deixar-ho estar. El pare tenia raó: era una exagerada.

«Tancaré el llum i a dormir.»

Capítol vuit

I en aquell precís instant, quan l'Alba va fer el pensament de tancar el llum es va tornar a sentir: cre-crec, cre-crec, cre-crec...

I un calfred li va recórrer l'espinada.

Aquell cre-crec era de debò. No el produïa la seva imaginació.

Es va estar asseguda sobre el llit. S'havia quedat amb el cos dret com un rave i amb els ulls oberts com dues pilotes de ping-pong.

I al cap de dos minuts va reaccionar. Trauria valor de sota les pedres, però no deixaria que el monstre se la mengés així com així.

Plantaria cara a aquell monstre. Potser se la menjaria, però el deixaria ben senyalat.

I, si prenia mal perquè el monstre només se la menjava una mica, els pares ja la durien a l'hospital. I es penedirien sempre més de no haver fet cas de les seves pors nocturnes.

Podia encendre el llum gran de l'habitació des de la taula, perquè hi havia l'interruptor general. I així ho va fer. Ara tenia tots els llums de l'habitació encesos. L'habitació era un oasi de claror enmig de la nit. Hi havia prou claror per enfrontar-se a un monstre malvat.

No es va recordar ni de posar-se les sabatilles.

Va posar els peus nus a les escales de la llitera de pi. I va anar baixant…

Una incontenible sensació de ganes d'anar al lavabo l'assaltava.

Però va fer un esforç suprem per dominar-se.

I ja era a baix. Damunt del parquet de l'habitació. Descalça.

A sota el llit elevat hi havia tres caixes de les joguines: la caixa vermella era plena de nines i ninos. Dues caixes més, de color verd i groc, però sense rodes, tenien *legos*, contes, vídeos de dibuixos animats... Tot ben amuntegat, sense cap ordre, just al contrari de com la seva mare volia que ho tingués: ben endreçat.

I allí no es veia res... Cap moviment...

Fos qui fos el qui feia aquell soroll havia parat.

L'Alba es va anar tranquil·litzant.

Potser sí que havien estat les fustes...

«Me n'aniré a dormir, si és que puc dormir després de tanta por», es va dir.

I just quan aixecava un taló per agafar l'escala, va sentir un plis-plas!

Algú havia caigut a terra!

De seguida es va girar per mirar sota el llit i descobrir el monstre.

S'havia amagat rere les caixes.

Ho havia sentit perfectament. N'estava seguríssima.

La caixa vermella de rodes grogues s'havia mogut una mica.

El monstre era just al darrere d'aquella caixa.

L'Alba va prémer les cames l'una contra l'altra.

L'acabava de veure...

Volia cridar son pare, però no li sortia la veu.

Era sola davant d'aquella cua.

Perquè de la caixa amb rodes, en sortia una cua.

I no era de ratolí.

Era una cua d'una altra mena.

Era una cua de...

De...

Com de llangardaix...

Capítol nou

L'Alba es va estar una bona estona quieta davant la cosa amb cua de llangardaix. I de sobte va decidir que havia de superar la seva por. Havia de recuperar la iniciativa.

«No et quedis aquí esperant que et mossegui», es deia a ella mateixa.

Si era un monstre, podia trucar a la policia. Però era més pràctic cridar el pare.

I va fer l'esforç d'obrir la porta.

La va obrir d'esquena per no perdre de vista la cua.

No volia que el monstre sortís de cop i se la mengés...

I es va escapar corrents fins a l'habitació dels pares, que era a les fosques.

—Papa, desperta't —va suggerir fent-li unes bones tibades a l'orella, per donar més contundència al prec desesperat.

—Mmmmm...

—Papa, desperta't. Tinc un monstre amb cua de llangardaix a l'habitació.

—Mmmmmmm... Dormir. Només vull dormir. Que la vida és somni, i els somnis somnis són... —mussitava el pare sense acabar de despertar-se.

L'Alba no es va desanimar. Va encendre el llum de la tauleta de nit i li va posar les sabatilles damunt de la cara per la banda de la sola.

—Papa, desperta't! Tinc un monstre amb cua de llangardaix a l'habitació. Se'm vol menjar, i et quedaràs sense filla si no véns.

—Sí home! I jo tinc ratolins amb orelles d'elefant a sota el coixí... —va exclamar el

pare, que per fi s'havia despertat amb el tacte aspre de les sabatilles als llavis.

—Ah, sí? —li va preguntar l'Alba que no havia entès la broma del seu pare.

—No, dona, no. Els ratolins amb orelles d'elefant no poden existir. No podrien caminar amb unes orelles tan grosses.

—Les podrien fer servir d'ales com en Dumbo —va respondre l'Alba, que se sentia una mica més calmada i capaç d'argumentar ara que el seu pare s'havia desvetllat i estava disposat a protegir-la.

—Què passa, Pere? —va preguntar la mare somnolenta.

—Res, Sílvia, una de les visions habituals de la nena —va contestar el pare escèpticament.

—Gràcies per llevar-te —va concedir la mare, que es va tornar a adormir tot seguit;

mentrestant en Pere la mirava, preocupat perquè dormís totes les hores convenients durant l'embaràs.

I aleshores el pare es va aixecar. I van anar tots dos agafats de la mà a l'habitació de l'Alba.

Ella volia obrir la porta a poc a poc. Però el pare la va obrir a la babalà. I amb la mena de poca credibilitat que les persones grans concedeixen a les menudes, va preguntar:

—On és el monstre terrible?

—Allà —va afirmar l'Alba, que de seguida es va adonar que la cua del monstre ja no es veia.

En Pere va apartar la caixa amb rodes.

—Ho veus? Res...

Cert. Allà no hi havia res.

L'Alba li va fer apartar les altres caixes una per una.

Ella es mantenia a distància, però el pare no.

Res de res.

La va fer pujar al llit, la va acotxar i li va dir:

—Bona nit, llangardaix. Ja apagaràs el llum.

I al cap d'un moment en Pere ja tornava a fregir patates al costat de la Sílvia...

Tanmateix, l'Alba havia vist una cua. N'estava segura. L'havia vista amb el llum encès.

Capítol deu

Va mirar els ninos del llit per consolar-se. Hi havia una óssa blanca amb el seu osset blanc.

El pallasso que li havia regalat la iaia Josefina i li agradava tant.

El ratolí de peluix que li havia regalat l'avi Francesc.

El tren amb sirenes que li havia regalat l'avi Ramon.

El mocador de seda rosa que li havia fet la iaia Ramona perquè s'adormís acariciant-lo.

I totes les seves estimades coses.

Aleshores es va preguntar qui li havia re-

galat aquell dragonet que hi havia damunt del coixí.

Estava tan ben fet que semblava de debò: la pell li brillava i tot, com una sabata acabada d'enllustrar.

El va agafar i l'acaronava amb les mans. Era tan petit...

No es recordava de qui l'hi havia regalat: alguna de les tres tietes? Potser la tieta Mireia o la tieta M. Jesús, o havia estat la tieta Ramoneta?

Llavors, mentre mirava els ulls rodons i grossos del dragonet, i la panxa rodoneta i sortida, es va adonar...

Es va adonar que aquell dragonet era calent, com totes les coses que tenen cor.

Aleshores el nino va moure la cua.

No hi havia dubte: aquella cua era la que havia vist feia un moment.

La cua que havia desaparegut quan el pare havia entrat a l'habitació.

I era ben viva, tan viva com la d'un llangardaix.

S'havia ficat ella mateixa a la gola del llop!

El monstre es feia passar per nino. I ella l'havia agafat! «Si n'ets, d'enze, Alba!», es va recriminar.

Se la menjaria allí mateix!

Capítol onze

Era a punt de fer un crit de terror quan, al dragonet, se li va escapar un singlotet:

—Hip!

Com tots els singlotets de dragó, va treure una mica de foc.

—Perdó —li va demanar tot penedit.

I, l'Alba, es va empassar el crit tot d'una. Si aquell dragonet demanava perdó, només podia significar dues coses: o era molt astut, o era un dragonet educat i bo.

I estava disposada a esbrinar-ho.

—Com et dius? —li va preguntar amb decisió.

El dragonet li va explicar que venia d'un

país llunyà. Li havien posat de nom Kuala Lumpur, que era el nom d'un indret del seu país: Malàisia.

L'Alba va mirar de trobar aquell país a la bola del món, la tenia damunt de la taula. Malàisia era a l'altre cap de món! Aquell dragonet venia de molt lluny.

Al seu país tothom se li'n burlava perquè era molt petitet i no treia gaire foc pels queixals. Tots es burlaven de Kuala Lumpur, perquè era tan petit que només servia per encendre una cigarreta... Els dracs com cal podien encendre una llar de foc d'una bufada.

Així que un bon dia va decidir d'emigrar i va pujar de polissó en un vaixell de càrrega que anava cap a Europa.

Era un vaixell carregador de petroli i amb els seus rotets de foc va anar de molt poc

que no s'incendiés tota la càrrega. Així que en Kuala Lumpur va procurar de mantenir-se ben lluny dels dipòsits.

Però ve-t'ho aquí, que un bon dia el vaixell va arribar a la ciutat on vivia l'Alba, que era una ciutat amb port de mar.

I, com que tenia gana, la primera cosa que va fer en desembarcar va ser anar al mercat. Precisament estava menjant-se un enciam quan el va comprar el pare de l'Alba, que anava un cop per setmana a plaça.

La resta de la història és fàcil d'imaginar: va arribar a casa de l'Alba dins de l'enciam. I per sort, va saltar de l'enciam just abans que la mare de l'Alba el fiqués a la nevera.

L'Alba estava eufòrica.

Un dragonet que venia de Malàisia, el país dels dragons...

No havia conegut mai un monstre de

debò, però aquell monstre no li semblava ni angoixant, ni paorós.

Era un monstre més aviat bufó.

—Saps què, Kuala Lumpur? Demà et presentaré els meus pares. Cauran d'esquena quan et vegin. Ja ho veurà, el pare... A partir d'ara ja no em prendrà més per una grillada.

—Més val que no, Alba. No em voldran. Ningú no vol animalets que treuen foc per la boca. Són un destorb.

Però ella no li va fer gens de cas:

—Tu deixa'm fer a mi... Au, vine, que dormirem plegats.

Capítol dotze

L'endemà era l'aniversari de la mare. De seguida que es va llevar, l'Alba es va vestir i va agafar en Kuala Lumpur de la maneta.

La mare ja estava llevada. Com tots els matins, li estava preparant l'entrepanet de pernil dolç i mantega.

—No ho facis —li pregava en Kuala Lumpur totalment terroritzat—. No pot sortir bé, Alba.

Però ella no li feia cas.

—Mira, mare... —començà, però la mare no li va deixar acabar la frase.

—Oh, quina cucada! Per a què serveix?

—va preguntar, pensant-se que era el seu obsequi d'aniversari.

En Kuala Lumpur s'havia quedat de pedra, com una estatueta.

—Doncs... —anava a dir l'Alba per explicar-li la troballa.

I en aquell moment en Kuala Lumpur va fer un altre singlotet.

I va treure una flameta per la boca.

—Oh! —va exclamar la mare de l'Alba—. Un encenedor automàtic per als fogons de la cuina! Quina idea tan bona que heu tingut tu i el pare! Gràcies, maca.

Sense més ni més, va agafar en Kuala Lumpur d'una revolada i el va deixar al costat dels fogons de la cuina.

En Kuala Lumpur es va quedar paralitzat al costat dels fogons. L'Alba no sabia què dir. I en aquell moment va entrar el pare. Com

que la mare sabia que sempre li compraven els regals junts, li'n va donar les gràcies.

—Gràcies, maco. M'ha agradat molt aquest regal que heu triat.

—Què...? Com...? Ah!...

El pare de l'Alba va fer cara de desconcertat. «Però si encara no li he comprat cap regal», va pensar.

Capítol tretze

Aquell dia l'Alba no tenia classe, i es va passar tot el matí amb en Kuala Lumpur.

Primerament va jugar amb els ninos. Després es van banyar junts. En Kuala Lumpur nedava d'allò més bé, tan bé com un ànec. Així que l'Alba va pensar que potser era un drac aquàtic...

L'Alba va descobrir que, a en Kuala Lumpur, li encantaven els gelats, sobretot el de llimona i el de menta.

—Mmmmm, són molt refrescants —afirmava el dragonet per explicar-se.

I l'Alba li va deixar prendre tot el gelat que la mare guardava al congelador.

Abans de dinar, encara van tenir temps de jugar al parxís i al joc de l'oca. En Kuala Lumpur era el company perfecte. En Kuala Lumpur era un dragonet xic com un encenedor. Feia els bracets d'un nadó. La panxeta era blaneta com un coixí. I quins ullassos!

El drac va convèncer l'Alba per continuar fent el paper d'encenedor que li havia tocat per accident, a causa de la confusió de la mare. Era l'única possibilitat de ser acceptat a casa, almenys de moment.

L'Alba va haver de donar-li la raó. Quan havia demanat un gos per Reis, els pares li van dir que no disposaven de prou temps per tenir cura d'animals...

Capítol catorze

Al migdia va arribar la mare carregada del mercat.

Volia preparar un sopar esplèndid per quedar bé amb el director de la seva empresa.

En Kuala Lumpur va ocupar el seu lloc d'encenedor dissimuladament. I la mare el va voler utilitzar.

—Alba, on és l'interruptor de l'encenedor?

L'Alba hi va anar sense saber què dir. En Kuala Lumpur no tenia pas botons d'encesa, perquè no era un electrodomèstic. L'Alba i el dragonet es llançaven mirades d'auxili davant la demanda inesperada de la mare...

—Doncs...

—Que no te l'has mirat bé abans de comprar-lo? On tens la garantia de l'aparell? Potser ho explicarà a les instruccions...

—Doncs...

L'Alba no sabia com salvar aquella situació. La mare s'impacientava i anava burxant el drac pertot arreu.

Nyec...Nyic...Nyoc...

I el drac estava a punt de xisclar...

—Aquests aparells d'avui en dia són tan automàtics que no saps com fer-los servir —comentava la Sílvia mentre pessigava els dits dels peus del dragonet buscant un botó d'encesa que no existia.

I li va retòrcer les orelletes per veure si s'engegava per allí.

—Ai! —va xisclar el drac amb tota la seva ànima.

Després es va quedar paralitzat de terror... S'acabava de descobrir.

L'Alba es va tapar la boca. Què passaria? La Sílvia trauria el drac per la finestra i el llançaria al carrer tal com havia previst en Kuala Lumpur?

—Oh! Quina gràcia! —va exclamar la mare.

L'Alba va sospirar reconfortada. A la mare, fins i tot, li havia agradat aquell dragonet.

—Porta un xip de veu! Si t'equivoques, xiscla, oi? —va exclamar la mare tota xiroia; s'havia pensat que l'encenedor portava veu incorporada—: Mira, Alba —i li va retòrcer les orelles tres vegades més.

Per descomptat en Kuala Lumpur li va seguir la beta.

—Ai! Ai! Ai!

—Aquests fabricants de Taiwan se les

pensen totes. Fan unes coses tan ben trobades... Al pas que anem, no tindran competència —va afegir tot movent el cap d'una banda a l'altra.

L'Alba estava al·lucinada. I en Kuala Lumpur encara més. Cada vegada feia més cara de consternació i menys cara d'encenedor automàtic. Però la mare no se n'adonava.

Aleshores, la mare va prémer la panxeta rodona del drac accidentalment.

I en Kuala Lumpur va treure vent i va fer un rotet...

—Oh! Que original, Alba! Si li pitges la panxa, s'encén com si fes un rotet com els nens ben petits. Quina gràcia més bufona. És clar, com és que no hi he pensat abans, eh?

I va deixar en Kuala Lumpur ben cruixit damunt del marbre de la cuina...

El drac s'hi va estar una bona estona mentre la mare preparava una sopa. Prop dels fogons feia molta calor i en Kuala Lumpur suava de valent. Per sort, aprofitant que la Sílvia no el mirava gaire, el dragonet es va enretirar unes passes.

L'Alba va decidir d'anar al menjador a parar la taula i evitar que no se li notés tant la cara d'ensurt. Allò sí que no s'ho esperava: la mare continuava pensant que en Kuala Lumpur era un encenedor.

Al capdavall era ben comprensible, perquè l'Alba l'havia confós amb un dels seus ninos...

Capítol quinze

Aquella nit, mentre tots dos posaven els coberts, el pare va explicar a l'Alba la importància d'aquell sopar per a la Sílvia.

—Alba, aquest sopar és molt important per a la mare —afirmava el pare sentenciosament—. Està passant una mala època amb el disseny. No li acaba de sortir res de bo i vol quedar bé amb el director de l'empresa.

L'Alba no s'havia imaginat fins a aquell moment que la situació de la mare fos tan delicada.

—Així que tot ha de sortir perfecte, eh? No ha d'haver-hi cap imprevist.

Quan el pare va dir allò, l'Alba va pensar que li ho havia de confessar tot.

—Sí, pare. Em deixes que et digui una cosa?

—Què?

—És sobre el regal...

—Ah, sí! Gràcies, nena. M'havia passat per alt de comprar una cosa per a la mare —li va agrair en Pere, i va riure nerviosament—: He, he...

—Però és que no és un regal, pare —va objectar l'Alba ficant els llavis cap endins de la boca després de parlar, com si se'ls hagués de mossegar una mica.

—Ah, no?

—No. És un dragonet de debò.

—Sí, sí... És clar —va concedir el pare pensant una vegada més que eren imaginacions de la seva filla.

L'Alba ho va notar de seguida: el seu pare l'estava prenent per tocada del bolet. Ai-

xí que va entrar a la cuina. Li va demanar l'encenedor a la mare.

—Per a què el vols?

—El vull ensenyar al pare —va afirmar la filla sense tallar-se.

En Kuala Lumpur va arrugar els llavis i tot seguit va adoptar cara d'encenedor.

L'Alba va tornar a entrar al menjador. Li va burxar la panxa.

—Mira: treu foc.

—És clar que treu foc. És un encenedor —va replicar el pare, que s'havia assegut al sofà per descansar després de parar la taula.

—Es diu Kuala Lumpur.

—Sí. I jo Pere de la Cullera —va respondre el pare que ja començava a estar-ne tip—. On dec tenir l'encenedor? —feia tot distret palpant-se les butxaques per trobar-lo i encendre la cigarreta.

—Kuala Lumpur, que no em creu. Digues-li-ho —va proposar finalment l'Alba al dragonet, que feia posat d'estàtua sense vida.

El pare continuava buscant l'encenedor capficat en els seus assumptes... L'Alba va pensar que el dragonet faria l'orni i no es voldria descobrir. Però no va ser aquesta la reacció del seu amic.

—Vol foc, Pere? —li va preguntar en Kuala Lumpur, molt educadament.

—Sí, gràcies —va respondre el pare sense parar compte de qui li volia encendre la cigarreta.

En Kuala Lumpur va saltar al palmell de la mà de la seva amiga, que el va apropar a la cigarreta. I aleshores va fer un dels seus rotets foguejants. El pare va encendre la cigarreta. Abans de retirar-se, en Kuala Lumpur va dir:

—Va bé?

—Sí. Molt bé.

Després de respondre, el pare es va adonar que allí estava passant alguna cosa que no tocava. Va girar els ulls cap al mig, ben guenyo, i es va quedar mirant atentament el dragonet, que li va dedicar un somriure i el va saludar amb la maneta. L'Alba també reia de satisfacció: el seu pare ja no la prendria mai més per una comediant.

Llavors...

Capítol setze

Llavors el pare de l'Alba primer es va quedar de color blanc. Les ninetes dels ulls li van fer un parell de voltes completes a dins de les òrbites. Després va evolucionar molt ràpidament cap al color vermell. I amb la mateixa celeritat, va canviar cap al color groc, fins que es va desmaiar damunt del sofà sense dir ni piu i es va quedar descolorit.

—Sort que ton pare ja estava assegut. Si no, encara hauria pres mal —va comentar el dragonet.

I en aquell just moment va entrar la mare.

—El sopar gairebé l'he acabat de preparar i... Pere! Què li ha passat a ton pare, Alba? —va exclamar la mare esglaiada.

En Kuala Lumpur s'havia quedat immòbil i la mare no havia parat esment en la presència del dragonet. L'Alba estava bocabadada i va provar d'improvisar...

—El pare estava fumant i...

—Dóna'm la cigarreta, que encara calarà foc al sofà! Però si ho havia deixat!

I va córrer a buscar una tovallola amarada de colònia que li va passar pel front.

—Amor meu, desperta't...

El pare de l'Alba només va estar uns segons inconscient. Després va retornar:

—Eh...? El drac... Treu foc...

—Mira-te'l. Ara, delira... Tu sí que treus foc per la boca. Fumar va molt malament per a la salut. El metge va dir que ho deixessis. No vull que tornis a fumar. Em sents?

—Eh? Sí... És clar... Mai més... Bruixes... Llops... Dracs...

—Em sembla que ja fa massa nits que no dorms, Pere. Estigues amb ton pare, Alba, que jo acabaré de fer el sopar. Estan a punt d'arribar els convidats... I, si us plau, aquesta nit mira de no tenir por, que el teu pare arrossega molta son!

La mare va tornar a entrar a la cuina. L'Alba va portar un refresc al seu pare i en Kuala Lumpur va intentar animar-lo amb un somriure, però amb certa timidesa per la reacció que l'home havia tingut en saludar-lo.

—No és una d'aquestes joguines mecàniques a les quals programes per dir el nom dels familiars, oi?

—No —va confessar l'Alba, tot girant el cap de banda a banda per reforçar la negativa.

—Necessito una cigarreta.

—Se les ha endut la mare. Ja saps que et van aconsellar que deixessis de fumar.

—Tens raó —va reconèixer el pare, i després d'una estoneta va afegir-hi—: Escolta, la mare no n'ha de saber res d'això del drac, d'acord? Estan a punt d'arribar els convidats i no està per a ensurts. Pots explicar això al drac?

—No cal, senyor Pere de la Cullera —va respondre en Kuala Lumpur, que es pensava que el pare de l'Alba es deia així i no havia copsat la broma.

El pare es va quedar ben parat. El dragonet va continuar:

—De fet, senyor Pere de la Cullera, jo ja havia suggerit a la seva filla que era millor que em mantingués en l'anonimat de cara a la seva mare i...

El pare de l'Alba estava bocabadat. Aquell dragonet, a més a més, era un dragonet xerraire.

I en aquell moment es va sentir el timbre.

Els convidats acabaven d'arribar.

Capítol disset

El senyor Claudi Galí era el director de l'empresa on treballava la mare de l'Alba. La seva esposa, la senyora Ovídia Maties, era la subdirectora. I la seva filla, Alexandra Galí Maties, era la secretària de direcció. En mans d'aquesta família, l'empresa funcionava bé. I la secretària era força competent, llevat d'un cert desordre en els papers que ella no podia evitar mai.

Tots tres van arribar molt empolainats a casa. La senyora Ovídia Maties duia un collaret de perles molt grosses, tan grosses que l'Alba es va pensar que eren pilotes de ping-pong.

El sopar que havia preparat la mare (còctel de gambes de primer i xurrasco de segon) va ser del tot agradós a la família convidada.

Normalment, l'Alba no era gaire menjadora. De fet, si d'ella hagués depès, durant el primer plat hauria anat a veure un vídeo de dibuixos animats. Durant el segon, hauria anat a la seva habitació a jugar. Però es va guardar prou bé de fer-ho perquè sabia que aquell sopar era força important. Fins i tot va callar quan la senyora Ovídia Maties li va dir:

—Ai, quina nena més bufona i que quietona que s'està! —tot agafant-la pel barbó tan fort que la magarrufa va resultar més aviat força molesta.

L'Alba se sentia com la closca d'un cacauet a punt de petar entre els dos dits de la senyora Ovídia, però va fer un esforç i va somriure per amor a la seva mare.

De totes maneres, allò que preocupava més l'Alba era amagat a la cuina. Com podia aconseguir que aquell dragonet es quedés a casa i fos acceptat per la família?

I a l'hora de les postres, tot prenent el cafè, va arribar el moment que la mare de l'Alba temia més.

—I ara en què estàs treballant, Sílvia? Has dissenyat res nou?

I a la mare, el cafè li va quedar entravessat i es va posar a tossir.

—És que amb l'embaràs no ha tingut gaire temps. Els marejos... —explicava el pare de l'Alba.

—Sí, i els vòmits... —va continuar la mare.

—Oh, sí! Els vòmits —va afirmar el pare, tot i que no l'havia vista vomitar.

Els convidats no sabien quina cara posar-

hi: si de fàstic o de llàstima. L'Alba també patia. Era evident que la seva mare no havia dissenyat res. Però...

Capítol divuit

Però aleshores, a l'Alba, se li va ocórrer una idea.

—El que passa és que, a la mare, li fa vergonya ensenyar la seva última creació. L'ha enllestida aquesta tarda.

Tothom es va quedar molt parat, perquè fins aquell moment l'Alba no havia dit res de res.

—Ah, sí? I quina creació és? —es va interessar el director Claudi Galí.

L'Alba se'n va anar cap a la cuina. Allí hi havia en Kuala Lumpur, que feia cara d'avorrir-se molt. L'Alba li va dir:

—Ara queda't ben quietó i fes-te passar per encenedor.

—D'acord —va afirmar el dragonet, i va moure el cap, les orelles i la cua en senyal d'assentiment.

—Txanan! —va exclamar l'Alba tot deixant-lo delicadament damunt de la taula perquè el veiés tothom.

Tot d'una es va sentir un «Mare de Déu Senyor!» molt feble del pare de l'Alba que ja s'escorria cadira avall ben desmaiat.

—No es preocupin. És que el pare fuma i li falta l'aire —va fer l'Alba com si no passés res.

La família Galí Maties estava ben espantada.

La mare va mullar un mocador amb aigua i l'hi va posar al front. En Pere de seguida es va revifar.

—Ja... Ja em trobo millor... Gràcies.

I aleshores va cridar esgarrifat:

—No el toqueu!

—Per què? —va preguntar la senyoreta Alexandra Galí Maties.

—És que és un exemplar... únic —va provar de donar una explicació que fos raonable.

—Oh! Aquest dragonet l'has dissenyat tu, Sílvia? —va preguntar la senyora Ovídia Maties.

—Jo? —va preguntar la mare de l'Alba tota desconcertada.

—És clar... No diu que és únic el teu marit? Deu ser el prototipus, oi?

Tot d'una a en Pere se li van il·luminar els ulls. «Quina bona pensada», es va dir en adonar-se de les intencions de la seva filla.

—Però si això està fet...

La Sílvia intentava explicar que aquell encenedor l'havia fet una altra persona, pro-

bablement a Taiwan, però en Pere va trepitjar la seva dona.

—Ai! —va cridar la Sílvia.

—Ho deu haver fet la inspiració... —va rectificar en Pere.

—El què? El xiscle de la Sílvia? —va preguntar la secretària, Alexandra Galí Maties.

—No, l'encenedor —va respondre en Pere somrient d'una manera forçada.

—Doncs, sí, la inspiració —va concedir la Sílvia sense saber quin paper fer-hi mentre pessigava el seu marit per sota de la taula nerviosament perquè no entenia res.

—Quin encenedor més bufó —va exclamar la senyora Ovídia Maties tota cofoia—. Com s'encén? —i va començar a remenar-lo pertot arreu: li va pessigar la cua, li va prémer tots els ditets...

En Pere i la seva filla s'estaven posant molt nerviosos perquè no sabien si en Kuala Lumpur aguantaria el mal molt més.

La senyora Ovídia Maties esperava una resposta, però no sabia què dir.

—Potser per les orelles —va dir la senyora Ovídia Maties, i les hi va retòrcer.

—Ai! —va xisclar el dragonet que no podia més.

Tots van callar. Però la senyora Ovídia Maties encara es va entusiasmar més.

—I protesta i tot! M'agrada més que un *tamagotxi* japonès!

—Sí, és que la Sílvia ha pensat que així faria més gràcia —va comentar el pare de l'Alba.

El senyor Claudi Galí es va creure l'explicació a ulls clucs.

—Quina bona pensada! Aquest encene-

dor es pot vendre més que barres de pa de quart!

Aleshores hi va intervenir l'Alba:

—S'encén per la panxeta.

I li va fer un copet.

Immediatament en Kuala Lumpur va fer el seu rotet de foc i va emetre la flameta petita com la d'un llumí.

—Oh, quina gràcia! —va exclamar la senyora Ovídia Maties.

I li va tornar a retòrcer les orelles mentre el dragonet anava repetint:

—Ai! Ai! Ai!

En Kuala Lumpur ja començava a fer cara d'estar-ne tip i de voler-li clavar una queixalada o socarrimar-li el pentinat de perruqueria fina. L'Alba va salvar la situació.

—Ara és millor deixar-lo, que si no es gasta la pila.

—Et quedes els millors dissenys en exclusiva per a la família, oi Sílvia? —li va retreure el senyor Claudi Galí—. Doncs aquest el comercialitzarem. Demà en vull el croquis, el dibuix i el disseny complet en tres dimensions per ordinador. Si el fem ben bé igual, anirà tan bé que t'apujaré el sou.

L'Alba va somriure a la seva mare. En Pere va somriure amb un somriure de patata ondulada. I la Sílvia va somriure a tothom amb un somriure d'aquells que sembla una paperina de paper arrugant-se.

Capítol dinou

I la família dels Galí Maties va marxar d'allò més satisfeta.

Quan van ser fora, la mare va abordar el pare com si hagués d'arrencar-li la cabellera.

—Però Pere, ets boig o què? Aquest encenedor deu tenir una marca registrada.

La Sílvia continuava convençuda que en Kuala Lumpur era un encenedor.

—És que..., és que... —anava dient en Pere sense que ella li deixés acabar la frase.

—No el puc fer passar per creació meva. No estaria bé. I em denunciarien!

—Ja ho sé, però és que...

—Com m'has pogut fer una cosa així...

Aleshores l'Alba es va adreçar al dragonet.

—Kuala Lumpur, em sembla que li haurem d'explicar el nostre secret, o la mare no farà el dibuix i tot anirà de mal borràs.

—I ara! Però què diu aquesta nena? —es va estranyar la mare—. A qui se li acut de parlar amb un encenedor? Que tothom s'ha tornat boig en aquesta casa?

En Kuala Lumpur va romandre immòbil com l'encenedor que semblava ser. Després va moure una parpella, i l'altra també. La Sílvia, en veure que movia les parpelles, es va estranyar. Després va moure una poteta.

—Què passa?

Com si fos un senyal, en Kuala Lumpur va engegar un discurs:

—Hola, senyora. Sóc un dragonet autèntic. Vinc d'un país que és a l'altre cap de

món i es diu Malàisia. El senyor Pere em va dur a casa dins d'un enciam i...

—Fabriquen encenedors xerraires a Taiwan?

I el marit va contestar:

—No, amor meu. És de debò.

La mare es va mirar el pare sense decidir-se a creure-se'l del tot.

Aleshores el dragonet va exclamar:

—Miri: sé ballar i tot.

I va fer unes quantes cabrioles imitant primerament el ballarí Fred Astaire, i després el cantant Michael Jackson.

La pobra Sílvia es va començar a quedar una mica pàl·lida. Però encara no estava decidida a creure l'existència d'aquell dragonet.

Pel contrari, en Kuala Lumpur estava decidit a demostrar que pertanyia a la catego-

ria dels éssers vius, amb potes, i que a més era sensible. Va murmurar una cosa a l'oïda de l'Alba. Ella el va acostar a la galta de la seva mare, i el dragonet li va fer un petó.

—I també sé fer petonets...

—M'ha-ha-ha... fet un petó de rèp-rèp...

La Sílvia es va començar a marejar, el cap li feia voltes i, just quan pronunciava la darrera síl·laba, es va desmaiar.

—Rèp...til...

En un mateix dia, a l'Alba, se li havien desmaiat el pare i la mare.

Capítol vint

La mare de l'Alba havia tingut tantes emocions aquella nit que, quan es va recuperar, se'n va anar directa al llit.

L'endemà, a l'hora d'esmorzar, la família es va poder reunir al voltant del cafè amb llet, l'ensaïmada i el brioix per poder enraonar amb més calma.

En Kuala Lumpur era una criatura viva, per descomptat.

El cert és que l'Alba havia assegut el dragonet a la taula. Com que en Kuala Lumpur era molt petitet, li va posar la trona de quan ella tenia un any perquè arribés bé al plat.

Fins i tot li va col·locar un pitet perquè no es taqués.

En aquell moment en Kuala Lumpur s'estava cruspint un brioix amb mantega i pernil dolç que ella mateixa li havia preparat. L'agafava amb les dues manetes com un esquirol i no parava de rosegar...

Després de prendre el cafè amb llet, la mare es va començar a adonar de l'oportunitat de la pensada de la seva filla.

—Així, si en Kuala Lumpur és de debò, no és propietat de ningú. El puc dibuixar i ja està...

Vist i no vist, se'n va anar al seu estudi a treballar més contenta que un gínjol. No volia perdre la inspiració.

—Mare, es pot quedar amb mi el dragonet?

La mare encara no havia meditat bé aque-

lla proposta, però li va respondre que de moment sí... No volia donar un disgust a la seva filla.

Capítol vint-i-u

L'Alba i en Kuala Lumpur tenien tot el matí per davant per jugar. Però el primer que va dir el dragonet quan van estar sols va ser:

—Tinc més gana.

En Kuala Lumpur havia passat força gana durant el seu viatge com a polissó al vaixell.

I l'Alba va anar al rebost i li va donar les millors viandes que va trobar.

Primerament li va oferir el pernil de Guijuelo, que el dragonet va engolir amb delectació:

—No sabia que féssiu menges tan bones en aquest país.

Però, com que encara tenia més gana, li va tallar un xoriço que el pare es feia portar d'un poble de Sòria. I, a més a més, una llonganissa de Casserres.

L'Alba li deia que hi mengés pa, però el dragonet hi estava tan entusiasmat que no parava, i no clavava queixalada al pa ni per casualitat.

Però quan en Kuala Lumpur va acabar amb tots aquells embotits, la seva panxeta s'havia inflat com la dels nens petits després de prendre el biberó i just abans d'eructar.

Aleshores es va sentir el telèfon.

Era la mare. Li va explicar que aquell disseny estava quedant molt bé i que seria un èxit. Després va afegir:

—Gràcies per la idea, cuca.

L'Alba sabia que, quan la mare donava les gràcies d'aquella manera, li podia demanar el

que volgués. Així que la presència del dragonet a casa estava garantida.

I així ho va fer saber al seu amic.

Però...

Capítol vint-i-dos

En Kuala Lumpur va dir:

—Ai, sento una cremor a l'estómac.

—És clar. Deu seu el pebre. Jo ja et deia que hi mengessis pa.

—Portava pebre tot això?

—Sí —va respondre l'Alba amb preocupació.

—Glups! No puc prendre pebre. Se'm dispara el foc en desmesura.

L'Alba ja no va tenir temps de res.

Amb el primer rotet que se li va escapar, el dragó va calar foc a les cortines...

—Ai, ai, ai! —va exclamar l'Alba que es va quedar esblaïmada en veure la flamarada.

Però en Kuala Lumpur no va perdre temps. Va sortir al balcó, va agafar la mànega, va obrir l'aixeta amb la boca i va apagar el foc amb aigua a raig fet.

L'Alba es va sentir tan alleujada que li va fer un petó, i en Kuala Lumpur va proposar de passar-se la resta del matí a la banyera amb aigua per si li sortien més foguerades.

Quan els seus pares ho van descobrir, es van enfadar molt. El dragonet estava tan avergonyit que s'amagava sota un aneguet que flotava a la banyera. L'Alba es va disculpar:

—Pensa que l'ha apagat ell... Faria bé de bomber...

La mare va preguntar:

—L'ha apagat ell solet?

—Sí...

La mare de l'Alba es va quedar pensaro-

sa. Va pensar que realment era un drac amb recursos. Però estava preocupada: una cosa era tenir un gos o un gat a casa, i una altra de molt diferent, tenir un dragonet que feia singlotets de foc. No volia que la filla se li quedés com un pollastre a l'ast. D'altra banda, li feia llàstima desfer-se'n. Ella mateixa li havia agafat afecte i sabia que, encara que tragués foc pels queixals, no tenia mala intenció. A més, li devia el seu nou disseny...

Ni la Sílvia ni en Pere sabien com solucionar el problema de la seguretat. El pare de l'Alba no parava de gratar-se el clatell mentre la mare anava amunt i avall del menjador.

Capítol vint-i-tres

La solució va arribar al cap de poc. Efectivament, tal com havia previst la família Galí Maties, l'encenedor Kuala Lumpur dissenyat per la Sílvia va ser un èxit de vendes. Tothom volia un dragonet-encenedor a casa seva. I la gent el va comprar molt com a regal de Nadal.

Tant d'èxit va tenir que al final es va descobrir el secret d'en Kuala Lumpur. I va sortir a la tele i tot. Diversos naturalistes i vulcanòlegs, encuriosits per aquell diminut drac tan llest, el van visitar.

Amb els diners que la mare hi havia guanyat van vendre el pis i van comprar una ca-

sa als afores amb un tros de jardí per a en Kuala Lumpur. Li van fer un recinte tot de pedra on no es podia calar foc. I van equipar la casa amb unes fibres que els vulcanòlegs i d'altres especialistes els van donar. Ells les empraven per suportar les elevades temperatures que hi havia ben a prop de les boques dels volcans. Així que el perill va quedar sota control.

El pare de l'Alba va continuar aixecant-se a les nits, però no per tranquil·litzar l'Alba, sinó el seu germanet. A l'Alba, li havien passat totes les pors. Com havia de tenir por si tenia un amic que era un dragó!...

Això sí, ella era qui s'encarregava de dur el menjar a en Kuala Lumpur, que va tornar al seu règim habitual de fulles d'enciam o d'escarola. No va tastar mai més coses empebressades. I el pernil de Guijuelo va tornar a ser sota el control del pare.

Per si de cas, damunt de la caseta d'en Kuala Lumpur, en Pere hi va instal·lar un congelador amb tot de gelats de menta i llimona.

I al damunt del congelador, com a darrera precaució, hi havia un rètol que deia:

No li doneu embotits,
ni coses que portin pebre o bitxo,
ni bombons de licors forts,
ni pastís de whisky.

I la família i el drac van viure ben feliços i van menjar molts anissos.